Las espinacas de Sylvia

por Katherine Pryor

ilustrado por Anna Raff

 **Readers to Eaters**

San Francisco, California

READERS to EATERS
1620 Broadway, Suite 6, San Francisco, CA 94109
ReadersToEaters.com

Distributed by Publishers Group West
Printed in the USA by Worzalla, Stevens Point, WI (5/19)

FSC
www.fsc.org
MIX
Paper from
responsible sources
FSC® C002589

Book design by Kate Apostolou
Book production by The Kids at Our House
The text is set in Soupbone.
The art is done in ink washes combined with pen, pencil, and other dry media,
then assembled digitally.

(pb) 10 9 8 7 6 5 4 3 2
First Edition

Library of Congress Control Number: 2012938413
ISBN: 978-0-9980477-8-2

Para Todd. Tú eres la persona con quien más me gusta comer verduras —K.P.

Para mi mamá y mi papá —A.R.

Sylvia Spivens siempre dijo no a las espinacas.

—¡No quiero espinacas con mis huevos! ¡No quiero espinacas en mi sopa! ¡No quiero espinacas en mi sandwich!

¡Espinacas no, nunca!

Los papás de Sylvia suspiraban cuando ella sacaba las espinacas de su lasagna, quitaba las espinacas de su ensalada, y empujaba cada una de las hojas hacia la orilla más orillada de su plato.

—Pero te hacen bien —decía la mamá de Sylvia.

—Necesitas comerlas para que crezcas —decía el papá de Sylvia.

—¡No, gracias! —decía Sylvia.

En una tarde gris y lluviosa de marzo, el profesor de Sylvia dio a conocer una noticia:

"Niños, vamos a empezar una hortaliza. Vamos a cultivar chícharos y lechuga y zanahorias. Vamos a cultivar papas y tomates y calabazas. Vamos a cultivar pepinos y rábanos y espinacas."

–¡Guácala! –dijo Sylvia.

El profesor le dio a cada estudiante
un paquete de semillas.

Y encima de todo, a Sylvia le tocaron...
las espinacas.

—Doble guácala —dijo Sylvia.

Sylvia intentó cambiarlas por los chícharos de Penélope.

—¡De ninguna manera!—dijo Penélope, girando las bolitas verdes que estaban en su mano.

Intentó cambiarlas por los pepinos, tomates o calabaza.

—Nopi —dijo Carlos.

—Olvídalo —dijo Terri.

—Lo siento —dijo Sam.

Sylvia le pidió al profesor que por favor, por favor, por favorcito le diera otras semillas. Cualquier otra verdura.

—Lo siento, Sylvia —dijo su maestro—. No hay más.

Sylvia se tuvo que aguantar con las espinacas.

Sylvia rompió el paquete y miró las pequeñas semillas café en su mano.

Las semillas de Sylvia se veían muy antiespinacas.

Espinacas chícharos pepinos calabazas

Sylvia siguió las instrucciones de su maestro y cubrió cada semilla con una capa ligera de tierra. Luego les echó agua y las puso en la ventana más soleada de su salón.

–¿Y ahora qué? –preguntó Sylvia.

–¡Ahora esperamos! –dijo su maestro.

Pasaron los días y la tierra todavía se veía como tierra.

Primero brotaron los chícharos. Salieron como disparos desde adentro de la tierra, como pequeñas ramas.

La tierra de Sylvia todavía parecía tierra.

Siguieron los pepinos y las calabazas. Salieron dos hojas redondas de cada semilla.

La tierra de Sylvia todavía parecía tierra.

Una por una brotaron todas las demás semillas.

—Espinaca tonta —murmuró Sylvia.

En el primer día soleado de abril, brotaron las espinacas de Sylvia. Dos retoños se asomaron desde la tierra.

Las plantas eran más pequeñas que el dedo más pequeño de Sylvia; pero lo suficientemente fuertes para empujar su camino hacia el sol.

—¡Ahí está! —gritó Sylvia. ¡Mi espinaca!

Cada día, Sylvia revisaba su espinaca bebé.

—¡Buenos días! —le susurraba. Le ponía agua y se aseguraba
de que recibiera la cantidad exacta de luz de sol que requería.
Y cada día, las espinacas de Sylvia crecían un poquito más altas
y un poquito más fuertes.

Un día de mayo, cuando el cielo estaba muy azul, los estudiantes trasplantaron su hortaliza. Trasplantaron los chícharos y las zanahorias y la lechuga. Trasplantaron las papas y los tomates y las calabazas. Trasplantaron pepinos y rábanos y... Sylvia trasplantó su espinaca.

Pasaron las semanas. El sol brilló. La lluvia llovió.

Y cada día, las espinacas de Sylvia crecían más y se volvían redondas.

Los chícharos lanzaron unas espigas onduladas hacia el cielo. De los pepinos y de las calabazas brotaron unas hojas grandes y rugosas que ni siquiera los gusanos se comían.

Para la última semana de escuela, la planta de chícharos de Penélope tenía unas bellas flores blancas, pero sin chícharos.

Las plantas de tomate de Terri tenían diminutas flores amarillas en forma de estrella, pero sin tomates.

Los pepinos de Carlos y las calabazas de Sam tenían unas grandes flores amarillas del tamaño de la mano de Sylvia, pero sin pepinos ni calabazas.

En la hortaliza solo había tres vegetales que estaban listos para comer: la lechuga, los rábanos y las espinacas de Sylvia.

—¡Niños, lo mejor de tener una hortaliza es comer lo que cultivamos! —dijo el maestro de Sylvia.

Así que los niños de la clase le dieron mordidillas a la lechuga fresca.

Y mordieron rábanos rojos y gordos.

Y todos comieron las hojas verdes de la espinaca.

Todos excepto Sylvia.

Sylvia olió la espinaca. No olía mal.

Entonces, Sylvia sacó la lengua. Lamió. No sabía mal.

Finalmente, Sylvia abrió la boca y mordió la mitad de la hoja de espinaca.

¡Crunch!

—Nada malo —dijo Sylvia, muy soprendida.

Mientras los alumnos picaban un poquito acá y un poquito allá para llevar a sus familias, Sylvia recogió montones y montones de espinacas.

Después de la escuela, Sylvia corrió a su casa para llevar las espinacas.

—Mira, mamá. Mira, papá —les llamó Sylvia—. ¡Miren mis espinacas!

—Qué hermosas —dijo la madre.

—Qué deliciosas —dijo el padre.

—Pero Sylvia, ¿qué haremos con ellas? —preguntó su mamá—. ¡No te gustan las espinacas!

—¡Ya las probé, mamá! —dijo Sylvia—. ¡Están buenas! Podemos hacer lo que quieras con ellas.

Esa noche, Sylvia probó espinaca
en la lasaña. Le dio probaditas a
las espinacas en su ensalada.
¿Y qué te crees?

Las espinacas de Sylvia estaban
deliciosas!

El siguiente día, Sylvia comió espinacas con huevos.
Comió sopa de espinacas. Comió espinacas en su sandwich.

Y así fue como Sylvia Spivens le dijo que sí a las espinacas.

¿Quieres plantar verduras?

Las plantas necesitan ciertas cosas básicas para sobrevivir y crecer: sol, tierra y agua. A distintas plantas les gustan distintas cantidades de sol y agua. A las plantas de tomate, les gusta mucho el sol y el calor, mientras que a las abundantes hojas verdes de la espinaca les gusta un clima más fresco y un poco de sombra. Si las hojas empiezan a inclinarse, lo más seguro es que la planta tiene sed y quiere beber un poco de agua.

En el suelo –que es una palabra elegante para decir tierra– es donde las plantas reciben el alimento que requieren para crecer. Las plantas –como los humanos– necesitan ciertos nutrientes para crecer grandes y fuertes. Tener tierra saludable, ¡es la mejor manera de cultivar plantas saludables!

Puedes hacer una hortaliza de muchas maneras. Si plantas tu jardín directamente en el suelo, asegúrate de que un adulto haga pruebas a la tierra para ver si tiene toxinas, como plomo, que se pudieron haber quedado ahí. Otra magnífica manera de hacer un jardín es sobre camas elevadas: nomás construye una caja de madera encima del suelo y llénala de tierra buena. También puedes cultivar comida en grandes macetas en un balcón soleado o en un patio, si no tienes mucho espacio en tu casa.

¿Qué quieres plantar? Lo mejor es plantar alimentos que te guste comer, pero tienes que asegurarte de que la planta crecerá en el clima donde vives. Plantas como el melón y el chile necesitan un clima caliente con mucho sol. Plantas como los chícharos y el brócoli crecen mejor en regiones frescas.

La mayoría de la gente planta su jardín en la primavera y cosecha la comida en el verano y el otoño. Es bueno plantar alimentos que maduran en distintas temporadas, así podrás comer vegetales frescos todo el año.

¿Qué es lo más importante de tener un jardín? ¡Divertirse! Que no te dé miedo experimentar y probar algo nuevo, justo como lo hizo Sylvia.